IBM

ANNELIES UMLAUF-LAMATSCH

In der Heimat der Blumen

Bilder von

IDA BOHATTA-MORPURGO

G&G

Inhaltsverzeichnis

www.ggverlag.at

ISBN 978-3-7074-1904-7

Reprintausgabe
1. Auflage 2015

In der aktuell gültigen Rechtschreibung
Gesamtherstellung: Imprint, Ljubljana

I.
In der Heimat der Blumen.

Weit, weit von hier liegt die Heimat der Blumen. Kein Weg führt durch den feuerrot brennenden Wald, durch die pechschwarze Höhle, über den gelben Fluss und den blaugrünen Glasberg in die ferne Heimat der Blumen. Nur die Blumen wissen Wege, aber die laufen alle unter der Erde, und wir kennen sie nicht.

Im Blumenland lebt die Mutter der Blumen. Es ist die erste Blume, die auf der Welt war und von der alle anderen gekommen sind. Sie ist viele tausend Jahre alt, sehr weise und erfahren. Das Wasser, die Wolken und der Wind bringen ihr Botschaft von allem, was im Menschenland geschieht. Sie erfährt es, wenn die Menschen die fernen, hohen Berge erklettern und die blauen Enziankinder abreißen, und ist dann traurig. Dann schickt sie noch einmal Enzian hin. Wenn die schönen Blumenkinder aber wieder abgerissen werden, dann lässt sie dort keine mehr wachsen. Sie erfährt es auch, wenn du sonntags einen Arm voll Blumen pflückst und sie dann wegwirfst, weil du sie nicht mehr tragen magst. Dann weint sie.

Das Wasser, die Wolken und der Wind erzählen ihr aber auch von allen Menschen, die Blumen sorgsam zu einem Strauße binden, sich an ihnen erfreuen und sie liebevoll pflegen. Da freut sie sich.

In der Heimat der Blumen wachsen von allen Blumen, die es gibt, immer tausend. Sie sind noch viel schöner als ihre Schwestern im Menschenland. So tiefblaue, so leuchtend rote, so glänzende Blumen gibt es bei uns gar nicht. Sie haben aber auch alles gerade so, wie sie's gerne mögen: Nicht zu viel und nicht zu wenig Feuchtigkeit, nicht zu viel und nicht zu wenig Licht und Sonne. Jede findet, was sie liebt, diese oder jene Erde, gelbe, rote, schwarze – Lehm, Sand, Kalk, Moor. Die Vergissmeinnicht haben ihr klares Bächlein, die Waldblumen ihren Wald, und auf dem stillen, grünen See träumen tausend weiße Rosen.

Hier blühen alle Blumen das ganze Jahr hindurch, denn in der Heimat der Blumen ist ewiger Sommer. Neben den Zeitlosen stehen – Veilchen, und die bunten Dahlien plaudern mit den weißen – Narzissen. Alle sind fröhlich, lachen und scherzen.

Hier kann ihnen ja kein Leid geschehen – über den blaugrünen Glasberg kann kein Mensch gelangen und auch keines der großen Tiere, die drüben so viele Blumen töten. Hier darf der Wind auch nur ganz sanft wehen, dass er keiner etwas zuleide tut. Ja, hier sind die kleinen Blumen glücklich, hier sind sie geborgen, sie sind – daheim. Darum entfalten sie sich auch so prächtig. Den ganzen Tag spielen sie im Sonnenschein. Und alle Blumen, die drüben im Menschenland wohnen, schicken ihnen heimlich Grüße durch den Wind.

Hier blühen auch noch Blumen, die bei uns längst nicht mehr blühen wollen, weil es ihnen zu trocken oder zu kalt geworden ist.

Sie sind alle in die Heimat gezogen. Blumen mit seltsamen Blüten, so schön, wie wir sie nur in unseren Träumen sehen.

So gibt es im Blumenland alle Arten von Blumen und die Blumen aller Zeiten. Sie blühen dort in Freude und Glück, und über allen wacht – die Mutter der Blumen.

Die Mutter der Blumen erkrankt.

Vor vielen, vielen Jahren, als auch im Menschenland noch ewiger Sommer war, geschah es, dass die Mutter der Blumen erkrankte. Die Wolken hatten ihr Botschaft gebracht von einem schrecklichen Unglück, das die Blumen der Bergwiese getroffen: die schönen, zarten Narzissen waren von Menschen abgerissen und – weggeworfen worden! Die armen Blumen lagen nun durstend im Staub und mussten verschmachten. Als der Wind ihre Hilferufe und ihr bitterliches Weinen hergetragen hatte – war die Mutter der Blumen mit einem Wehlaut zusammengesunken. Erschrocken waren die Blumenkinder herbeigeeilt, aber sie konnten ihr nicht helfen. Die Mutter lag so bleich und matt auf den grünen Kissen, auf die sie die Kinder gebettet hatten, als sollte sie sterben.

Da weinten die Blumen bitterlich.

„Wenn die Mutter stirbt“, sagten sie, „dann wollen auch wir nicht mehr leben. Dann wird es auf der ganzen Erde keine einzige Blume mehr geben!“

Draußen im Menschenland machte die traurige Botschaft die Runde. Der Wind hatte sie hinausgetragen, und nun gaben es die Bäume einer dem anderen rauschend kund, eine Blume flüsterte es erschreckt der andern zu. Bald wusste es die ganze Welt, nur die Menschen ahnten nichts davon. Ein Mann besprach mit dem Nachbarn die neuesten Ereignisse – und erfuhr gerade das Wichtigste nicht. Seine Frau nähte ahnungslos an einem neuen Kleid. Doch draußen im Garten da sprachen die schönen Rosen miteinander in großer Erregung. Aufgeregt wogten sie hin und her, – die Menschen meinten, es sei der Abendwind. Hätten sie die Sprache der Blumen verstanden, da hätten sie wohl alle Glocken geläutet und lange Beratungen abgehalten, denn sie hatten die Blumen ja lieb, und wenn sie ihnen Schmerz bereiteten, geschah es nur aus Gedankenlosigkeit; aber sie ahnten ja nichts.

Unterdessen ging es der Mutter der Blumen schlechter und schlechter. Ihr Herz schlug nur noch ganz schwach. Da rief sie alle Blumen herbei, und als sie sie weinend umstanden, sagte sie traurig: „Lebt wohl, meine Kinder, ich muss euch jetzt allein lassen. Ich glaube, ich muss – sterben.“ Da weinten die Blumen herzzerreißend.

Auf einmal trat der goldene Abendstern aus den Wolken hervor, beugte sich tief herab und rief: „Hört, ihr kleinen Blumen! Hört, ihr kleinen Blumen! Es gibt noch Hilfe für eure Mutter“, hochauf horchten da die Blumen, „aber diese Hilfe ist schwer zu erlangen“, setzte er fort. „Es müsste ein Kind kommen, das noch keiner Blume absichtlich wehgetan, noch keine einzige zerzupft, noch keine weggeworfen, noch keine niedergetreten hat. Wenn dieses Kind seine Händchen auf das kranke Herz eurer Mutter legte, dann würde sie im Augenblick gesund!"

Da schwiegen die Blumen traurig; denn wo in aller Welt gibt es ein Menschenkind, das noch keiner Blume Schmerz zugefügt hat?

Aber der Abendstern sprach: „Fern von hier, hinter dem höchsten Gebirge, drei Wegstunden von Miame, liegt ein dichter, dunkler Wald. Auf einer Lichtung darin laufen vier schmale Wege zusammen, dort stehen zwei hohe Fichten, und daneben ist eine kleine Holzhütte. Darin wohnte eine arme Frau mit ihrem Söhnchen Helli. Sie nannte es so, weil sein Haar, seine Augen und sein Herz hell sind, hell wie Sonnenschein. Helli hat die Blumen lieb. Sooft er eine findet, kniet er nieder zu ihr, streichelt und küsst sie. Die Blumen sind seine einzige Freude in der Wildnis, in der er lebt, und er hat noch keiner ein Leid zugefügt. Nun ist seine Mutter gestorben und ich sehe ihn in der Kammer sitzen und weinen. Er weint, weil er fort soll zu Fremden und weil er so mutterseelenallein ist. Gelingt es euch, ihn zu finden, so wird eure Mutter gerettet sein!"

So sprach der Abendstern, und die Blumen liefen, als er kaum geendet, in höchster Eile fort. Sie hasteten in Gängen tief unter der Erde unter dem Glasberg durch, um den Knaben, den Retter, zu finden.

Helli eilt zu Hilfe.

Und wirklich fand eine Blume das höchste Gebirge, dahinter Miame, danach den dichten Wald und auf der Lichtung, die vier Wege kreuzten, die Hütte unter den beiden Fichten. In dem kleinen Häuschen saß Helli und weinte vor Kummer und Einsamkeit. Morgen sollte er fort von hier. Wie würde es ihm nun ergehen? Ach, hätte ihn doch die Mutter mit in den Tod genommen!

Plötzlich gewahrte er einen hellen Schein und sah voll Staunen eine seltsame goldene Blume – wie aus dem Boden gewachsen – in der Stube stehen. Zu seiner Verwunderung begann sie zu sprechen und erzählte ihm in fliegender Eile, warum sie gekommen war. Flehend bat sie: „Folge mir! Rette unsere Mutter!“

Ohne sich zu besinnen, erhob sich der Knabe und folgte der Blume.

„Er kommt, er kommt, der Knabe, der noch keiner Blume ein Leid zugefügt“, flüsterte das Gras.

„Er wird sie retten!“, jubelten die Blumen.

„Macht Platz!“, rief die Eiche, und die hohen Waldbäume wichen zur Seite.

Die Blume leuchtete Helli wie ein kleiner Stern voran, und er lief, so schnell er konnte, durch den dichten, dunklen Wald.

Plötzlich türmte sich eine riesige Felswand vor ihnen auf. „Fürchte dich nicht“, sagte die Blume, „wir müssen jetzt durch den brennenden Wald.“ Sie klopfte mit zarten Blumenfingern an die Felswand. Da tat sich der Felsen auf, ließ die beiden durch und schloss sich donnernd wieder.

Im selben Augenblick schossen rote Flammen aus der Erde, züngelten hoch empor, knisterten und prasselten so entsetzlich, dass Helli zitternd stehen blieb. Aber die goldene Blume lockte und bat so flehentlich – Helli musste ihr folgen, ob er wollte oder nicht. Und seltsam – wo sie gingen, teilten sich die Flammen, dass ein schmaler Pfad frei wurde. So lief Helli durch den brennenden Wald, die Flammen schlugen ihm heiß ins Gesicht, sie leckten gierig nach seinen Füßen, aber sie taten ihm nichts zuleide. Und als er in der Mitte des Feuermeeres stand, geschah ein Wunder – mit einem Male waren aus den roten Flammen hohe, herrliche Feuerlilien geworden und Helli ging staunend durch einen wundervollen Liliengarten.

Aber nun sollte er in die pechschwarze Höhle hinab. Wie ein riesiger Rachen mit langen, spitzen Zähnen oben und unten starrte sie ihm entgegen, dass es grauenvoll anzusehen war. Aber die Blume sah sich bittend um und Helli folgte ihr wieder. Wie unheimlich war es im Innern der pechschwarzen Höhle! Selbst die goldene Blüte gab hier nur ganz matten Schein. Das Gestein lag in großen Trümmern umher, hing wie lange Tränen von der Decke herab, und ein Molch glitt kalt über Hellis bloßen Fuß. Doch Helli ging tapfer weiter, und als er in der Mitte der pechschwarzen Höhle war, da erhoben sich plötzlich tausend Königskerzen aus allen Fugen des Gesteins, da wurde es ganz hell und Helli ging selig durch einen Wald von leuchtenden Königskerzen.

Am Ausgang der Höhle wogte brausend der gelbe Fluss und schlug hohe Wellen. Aber Helli trat beherzt heran und bat: „Lasst uns hinüber! Die Mutter der Blumen ist krank! Ich soll sie retten! Wir müssen hinüber!“ Schon wollte er sich mutig in das wilde Wasser werfen – da sanken die hässlichen, gelben Wellen wie auf einen Schlag zusammen und auf einem ganz stillen Wasserspiegel schwammen unzählige blassgelbe Wasserrosen. Die bildeten mit ihren grünen Blättern eine feine Brücke, und Helli sprang fröhlich über sie hinweg. Als er das andere Ufer erreicht hatte, da schlugen die gelben Blumen wieder als Wellen rauschend zusammen.

Vor ihm erhob sich der Glasberg, spiegelblank und himmelhoch, den Eingang ins Blumenland wehrend. „Wie kommen wir da hinüber?“, dachte Helli. Klirr! Klirr! sprang ein gläsernes Tor auf und daraus liefen ihm – o wie lieb – kleine, blaue Blumen entgegen – es waren die blauen Wegwarten, die Helli auf dem Weg ins Blumenland erwartet hatten. Jubelnd nahmen sie ihn in die Mitte, die goldene Blume lief voran, um zu leuchten, und Helli ging die gläserne Treppe hinab. Das Glas glänzte grün, blau, rot und golden, dass es herrlich anzusehen war. Sie gingen jetzt tief in der Erde unter dem Glasberg durch, und die goldene Blume dachte immer voll Sorge: „Wenn wir nur nicht zu spät kommen!“

Nun ging es wieder eine gläserne Treppe hinauf. Auf einmal strömte ihnen helles Licht und süßer Duft entgegen. Selig rief die goldene Blume: „Wir sind daheim!“

Die Genesung.

Oh, wie klopfte Helli das Herz, als er das Blumenland betreten sollte! Schon stand er vor dem hohen, grünen Sonnenblumentor – nun trat er hindurch und sah in ein Meer von Blumen hinein. So bunt, so herrlich, wie er es nie geträumt hatte. Darüber wiegten Palmen ihre grünen Fächer, und zwischen den buntfarbigen Blumen glitzerten überall silberne Quellen. Helli sah Blüten, die er noch nie gesehen hatte, und ihre Schönheit entzückte ihn. Große, bunt schillernde Falter gaukelten lautlos von Blüte zu Blüte, wie farbige Schiffchen.

Ein schneeweißer Vogel sang, aber sein Lied klang traurig, und Helli sah, dass eine große Trauer über allem lag. Es war so still. Noch hatte niemand die beiden bemerkt, so versunken waren alle in ihren Kummer. Plötzlich verstummte der Vogel, dann erhob er

sich und kam Helli laut jubelnd entgegengeflogen. Da ging's wie ein Zauberschlag durch alle Blumen, sie riefen: „Der Knabe, der Knabe, Helli ist da“, zogen ihre Füßchen aus der Erde und liefen ihm jauchzend entgegen. Schnell führten sie ihn dem Haus der Mutter zu.

Es liegt in der Mitte des Blumenlandes und wird von hohen Farnkräutern gebildet. Die ragen wie schlanke Säulen empor und wölben ihre grünen Arme zum Dach. Zierliche Winden ranken sich an ihnen hinauf, halten das Dach zusammen und schmücken es über und über mit weißen, blauen und roten Blütensternen. Vor dem Tor hält eine hohe Königskerze die Wache.

Helli ging schnell an ihr vorbei und trat in die grüne Halle ein. Da lag die Mutter der Blumen bleich und matt auf seidenen Kissen. Sie lächelte ihm zu, konnte sich aber nicht bewegen. Rasch legte Helli ihr beide Hände auf das kranke Herz. Alle Blumen, die draußen warteten, hielten den Atem an vor Erregung. – Würde Helli die Mutter retten können? War es nicht schon zu spät? – – –

Und wie sie so in Sorge harrten, da trat – – die Mutter heraus. Frische Röte lag auf ihren Wangen, ihre Augen strahlten. Mit einem Arm hielt sie Helli, mit dem anderen die Blume umschlungen, die ihn hergeführt hatte.

Da brach ein Jubel ohnegleichen aus, die Blumen umarmten einander vor Freude und dankten Helli mit Tränen in den Augen. Die Mutter war gerettet! Sie umtanzten sie in ihrer Freude und konnten sich gar nicht fassen vor Glück. Dann baten sie den Wind, die frohe Botschaft recht schnell um die Erde zu tragen. Wie würden sich die Schwestern im Menschenlande freuen!

„Sie sollen es gleich erfahren!“, rief der Wind und sauste davon. – – –

„Bleibe bei uns, Helli!“, sagte die Mutter der Blumen.

„Ja, bleibe, bleibe!“, baten nun alle. „Du sollst es gut haben. Wir wollen dich auch mancherlei Künste lehren, dir alle unsere Geheimnisse zeigen! Und – die Mutter kann einem Menschenkinde ewige Jugend verleihen. Bleibst du bei uns, wirst du es sein. Dann kannst du immer, immer bei uns leben!“

Da rief Helli glücklich: „Ich könnte mir gar nichts Schöneres denken, als immer bei euch zu sein, ihr schönen Blumen!“ –

Unter der großen Sonnenblume wurde ihm ein feines Moosbettchen bereitet, Federnelken füllten das Kissen, aus samtweichen Blättern war die Decke verfertigt. Eine Königskerze wollte ihm zur Nacht leuchten. Die Marguerite brachte verzuckerte Früchte und Honigküchlein, das Stiefmütterchen kredenzte Tee dazu. Und als Helli in seinem grünen Bettchen unter der Sonnenblume lag, lief alles herbei, ihm herzlichst „gute Nacht“ zu wünschen.

So blieb Helli im Blumenland, und ein herrliches Leben begann.

II.
Geheimnisse.

Bald war Helli im Blumenlande ganz daheim. Er besuchte die dunkelblauen Veilchen und die weißen Lilien, er sprach mit der Königskerze, mit den Seerosen und dem Vergissmeinnicht, mit dem Mohn und mit der blauen Kornblume.

Auf Schritt und Tritt erlebte er Neues. Da zeigten ihm die Blumen, wie sie ihre Kleinen in weiche, grüne Tücher gewickelt hatten, dass sie sich nicht erkälten, dort wieder sah er zu, wenn sich eine Knospe entfaltete.

Eines Tages lag er im Gras und hörte den Gesprächen der Blumen zu.

„Ach diese Sonne, wie herrlich!“, rief die Feuerlilie freudetrunken. „Ich habe mich ganz aufgetan, dass sie mir ins Herz hineinscheinen kann!“

„Meine erste Knospe öffnet sich!“, jubelte ein junger Heckenrosenstrauch. „Sehen Sie nur, Liebste, sie wird heute noch aufblühen!“

„Ei fein!“, riefen mehrere Federnelken erfreut. „Da werden wir ja alle zur Geburtstagsfeier eingeladen!“

„Drehen Sie sich doch ein wenig zur Seite, lieber Herr Rittersporn“, bat eine Graslilie, „meine Kleine bekommt nicht ein bisschen Sonne! Sie kriegt noch die Bleichsucht hier im Schatten.“

„Aber bitte, sehr gerne!“, beeilte sich der Rittersporn zu sagen.

„Sehr höflich vom Rittersporn!“, brummte ein Löwenmaul, „aber man sollte die Kinder nicht so verwöhnen. Erkämpf dir den Platz an der Sonne! Selbst ist der Mann! Die Geschichte von dem Himmelschlüsselchen, das sich durch ein fremdes Blatt hindurch den Weg zum Licht erkämpfte, sollte in alle Schullesebücher kommen. Man macht heutzutage viel zu viel Geschichten mit den Kindern, finde ich!“

„War Ihr Vater Glaser?“, fragte ein Eisenhut das Löwenmaul. „Ich frage so, weil Sie mir immer im Lichte stehen!“

Das Löwenmaul war so empört, dass es eine Weile mit offenem Mäulchen dastand. Aber dann ging's los!! Du lieber Gott! Aus allen Mäulchen zugleich! Der Eisenhut war nicht faul und gab ihm's gleich zurück, schimpfte über gewisse Leute, die da herumständen und Maulaffen feilhielten, und ließ seine blauen Visiere kampfbereit herab.

Hätte die weiße Rose nicht Frieden gestiftet — es wäre zum Zweikampf gekommen. Und das alles nur wegen des Lichtes! Helli erkannte daraus, wie wichtig den Blumen das Licht war. Sie kämpften und flehten und mühten sich unentwegt, in den hellen Sonnenschein zu kommen. Und wer im Sonnenlichte stand, der breitete die Ärmchen aus und war selig.

„Fliegen willkommen! Fliegen willkommen!“, schrie die Butterblume. „Schwarze, blaue, grüne, schillernde Fliegen willkommen! Große und kleine, dünne und feine! Mädchen und Buben – rein in die Stuben! Fliegen willkommen!“

„Warum rufst du die Fliegen?“, fragte Helli verwundert.

„Das will ich dir gern verraten!“, lachte die Butterblume. „Die müssen mir nämlich meinen Blütenstaub befördern! Damit sie herkommen — umsonst tut doch keiner was gern —, halte ich süßen Honig für sie bereit. Siehst du, hier stehen die Honigschüsselchen, hübsch flach, dass die Fliegen mit ihren kurzen Rüsseln bequem dazukönnen. Dafür übernehmen sie dann die Beförderung meines Blütenstaubes. Das ist sehr wichtig, musst du wissen. Denn ohne Blütenstaub — kein Samen. Na und eine Blume ohne Samen – das wäre eine schöne Geschichte! Darum rufe ich sie.“

„Ich mag das leichtfertige Gesindel nicht“, sagte der blaue Wiesensalbei, und der rote Wiesenklee nickte zustimmend. „Wir

wollen nur Hummeln!“, riefen beide einstimmig. „Hummeln“, sagte der Salbei, „sind ordentliche, ernsthafte Leute. Und verlässlich! Was die auf ihrem dicken Pelz mitnehmen, das sitzt! Da geht nichts verloren! Die arbeiten gründlich, darum haben wir beide auch unsern Honig so verwahrt, dass ihn nur Hummeln erreichen können. Ganz tief drin im Blütenkelch. Fliegen können nicht dazu. Ausgeschlossen!“

Andere Blumen lobten die fleißigen Bienen über die Maßen und wollten nur von ihnen besucht werden. Die große Sonnenblume sagte versonnen: „Ich habe die schwarzgelben Wespen am liebsten. Darum trage ich auch ihre Farben. Ihnen zu Ehren! Und damit sie mich gleich von Weitem erkennen!“

Staunend betrachtete Helli das schwarzgelbe Gewand der Sonnenblume. Wer hätte geahnt, weshalb sie gerade so gekleidet war!!

„Weißt du, Helli", sagte die Sonnenblume, „es gibt auch Blumen, die nur Tagfalter in ihre Blüten lassen. Sie haben ihren Honig so versteckt, dass nur ein Falter mit seinem langen Saugrüssel dazu gelangen kann. Und damit der Schmetterling sie schon von Weitem sieht, ziehen sie ein leuchtend rotes oder blaues Kleidchen an. Wer aber Nachtfalter liebt, wie die Narzisse, der kleidet sich in Weiß oder blasses Gelb, das leuchtet dann im Mondenschein so hell, dass es der Nachtfalter gleich bemerkt. Diese Blumen strömen auch einen starken, süßen Duft aus. Das merkt der Nachtfalter und denkt: „Aha! Hier ist der Tisch gedeckt!", und stellt sich flugs zum Abendbrote ein. Zum Dank dafür nimmt er dann gerne ein Päckchen Blütenstaub für andere Blumen auf dem Rücken mit.

Und nicht nur Blütenstaub wird so von Blume zu Blume getragen, noch etwas ganz Besonderes nehmen die kleinen Tiere mit: – Nachrichten! Denn wir Blumen stehen alle miteinander in Verbindung!"

Helli war erstaunt über diese Mitteilungen. Erstaunt und entzückt. Was es da alles Wunderbares gab! Was würde er noch erfahren?

Abenteuer im roten Fingerhut.

Am nächsten Tage war Helli schon ganz früh auf. Er hatte herrlich geschlafen. Nun wusch er sich beim rieselnden Brunnen und lief zu seinen Blumen. „Guten Morgen, meine Lieben!“

„Guten Morgen! Guten Morgen!“, klang’s fröhlich von allen Seiten. Und Helli sah, wie sich die Blüten öffneten, wie sich alle, von der großen Sonnenblume angefangen bis zum kleinsten Gänseblümchen herab, jubelnd der Sonne zuwandten. Auch die Stiefmütterchen guckten mit ihren lieben, klugen Gesichtchen alle lachend nach ihr hin. Nun ordneten die Blumen ihre Blätter und drehten und wendeten sie so, dass sie recht viel Licht bekämen. Der kleine Milchstern reckte sich, so sehr er nur konnte, und streckte verlangend die grünen Arme nach der Mutter Sonne aus.

Auch der rote Fingerhut hielt seine purpurnen Glocken alle der Sonne entgegen. Er gefiel Helli so gut, dass er sich zu ihm stellte.

„Was du für schöne dunkelrote Pünktchen in deinen Blüten hast!“, sagte Helli bewundernd. „Purpurrot sind sie.“

„Die zeigen den Hummeln den Weg zum Blütenstaub, Helli. Wir müssen immer daran denken, ihn zu verbreiten und dafür zu sorgen, dass wir selbst den Blütenstaub einer anderen Blüte bekommen, sonst wird nichts aus uns!“

Blütenstaub! Immer wieder hörte Helli davon! Das musste ja etwas sehr Wichtiges für die Blumen sein; er hätte gar zu gerne mehr davon erfahren.

„O bitte, erzähle mir doch ganz genau, wie du das machst!“, bat er.

„Na, dann komm einmal in meine unterste Blüte herein, ich zeige es dir!“

„Hineinkommen?? Ja – wie denn?“, dachte Helli. Aber eh er sich besinnen konnte, wurde er ganz, ganz klein und stand auf einmal in einem rosenroten Saal, und der blassrote Teppich mit den dunkelroten, weiß geränderten Mustern darin sagte ihm, dass er in einer Blüte des Fingerhutes war. Da kam ihm auch schon ein liebliches Kind entgegen – Li, das Blumenseelchen. Es hatte ein zartes Gesichtchen und klare, leuchtende Augen.

„Nun sollst du ein großes Geheimnis erfahren“, sagte es freundlich, legte seinen Arm um Helli und führte ihn feierlich tief in die Blüte hinein.

Helli klopfte das Herz, wie wunderbar war es hier! Eine neue Welt tat sich vor ihm auf. – „Wir wollen zuerst zu den Staubgefäßen gehen“, sagte Li.

„Siehst du, in diesen vier Beutelchen hier reift der goldene Blütenstaub!“

„Hier – also! Und der Turm in der Mitte – was ist das?“

„Dieses schlanke Türmchen ist äußerst wichtig für die Blüte, denn das ist der Griffel. An der Spitze trägt er das Allerkostbarste – die Narbe. Siehst du, auf diese Narbe muss der Blütenstaub einer anderen Blume fallen, sonst kann kein Samen reifen. – Du kannst dir nun denken, dass es die größte Sorge jeder Blume ist, den Schwestern recht viel Blütenstaub zu schicken, aber auch selbst genug zu bekommen. Und weißt du, wer uns dabei hilft?? Die – Hummeln! Wir locken sie mit unserem süßen Honig an; den wollen sie gar zu gerne naschen und dabei – – – doch – – wart einmal – – mir scheint – es – kommt – gerade – eine – her. – – – Das wäre fein – da könntest du’s am besten sehen – ja – es ist – wirklich – eine Hummel!“

Ein gewaltiges Brummen und Brausen näherte sich der

Blütenglocke, ein furchtbarer Ruck, und die Blüte erbebte, so dass es Helli schüttelte. Ängstlich klammerte er sich an Li – das Herz klopfte ihm.

„Fürchte dich nicht, Helli“, sagte das kleine Wesen an seiner Seite. „Es geschieht dir nichts! Wir wollen uns rasch hier in der Blüte verstecken und sehen, was geschieht!“

Husch – – waren die beiden versteckt.

Plötzlich wurde es finster und ein dunkler Körper schob sich langsam heran.

„Da ist sie schon“, flüsterte Li. „Siehst du, wie sie sich an den langen Haaren in der Blüte hinaufzieht? Die sind eigens dazu da. – Sie ist sehr hungrig. Schau nur, wie sie sich plagt! Der Honig ist doch ein feines Lockmittel. Nur gut, dass der Weg zu ihm so deutlich bezeichnet ist. Du weißt ja, die roten, weißgeränderten Flecke führen hin, sie kann ihn nicht verfehlen. Dabei muss sie an den Staubbeutelchen vorüber, und nun sieh selbst, was dabei geschieht!“

Die Hummel stolperte hastig herauf – holterti, polterti – die Blütenglocke schwankte mächtig hin und her, der riesige Körper, der da herankam, füllte sie fast aus, es war schrecklich anzusehen. Ui, die hatte es eilig, zum Honig zu kommen!

Wie sie nun aber an dem ersten Staubbeutelchen vorbeidrängte – und sie musste doch daran vorbei –, wurde sie mit Blütenstaub überschüttet. Wie die Goldmarie bei der Frau Holle!

Li und Helli lachten herzlich, als die Hummel, nachdem sie gierig Honig genascht hatte, mit goldenen Pumphöschen die Blüte verließ.

„Den trägt sie nun zu einer anderen Blume“, rief Li fröhlich, „und streift ihn dort an der Narbe ab. Und so geht es weiter. Die Hummeln tragen den Blütenstaub von Blüte zu Blüte. Einmal kommt auch meine Blüte daran. Wenn die Staubbeutel hier geleert sind, dann entfaltet sich die Narbe und streift vom Pelzrock der Hummel den goldenen Staub einer Blumenschwester. So hat unsere Blüte große Päckchen Blütenstaub verschickt, bekommt aber auch selbst genug von den anderen Blumen. Hier im Fruchtknoten kann nun prächtiger Samen reifen, und im nächsten Jahr wird es wieder eine Menge kleiner Fingerhüte geben. Ist das nicht fein eingerichtet?"

Helli konnte gar nichts sagen. So namenlos erstaunt war er. Das hätte er nie gedacht. Es war auch wirklich zu wunderbar, was er da erfahren hatte.

Zaghaft betastete er den hellen Griffel, der so stolz die kleine und doch so kostbare Narbe trug, als wäre er sich seiner Wichtigkeit ganz bewusst. Es war Helli so feierlich zumute.

Wie schön war es hier! Mattes Rosenlicht durchflutete den Blütensaal, in der Höhe der Kuppel schimmerte es hell. Ein feiner Honigduft erfüllte den Raum. Das Blumenseelchen hatte sein rosenrotes Röcklein gefasst und begann sich langsam im Tanze zu drehen.

Plötzlich dröhnte es oben in der Kuppel. Gleich darauf hörte man ein scharfes, knirschendes Geräusch. Große Beißzangen rissen gewaltige Stücke aus der Decke des Blütensaales — — — „Honigdiebe! Honigdiebe!", rief das Blütenseelchen entsetzt und hielt sich jammernd die Augen zu. „Weil — sie — den Honig — vom Eingang aus nicht erreichen können — brechen sie ein!"

Helli, der zuerst furchtbar erschrocken war, nahm allen Mut zusammen und schrie hinauf: „He! Sie da! Hier ist kein Eingang! Machen Sie, dass Sie weiterkommen! Sonst lass ich Sie von der nächsten Hummel einsperren!"

Eine Wespe guckte von oben herein. „Papperlapp!", machte sie verächtlich, „halten Sie gefälligst Ihren Schnabel!"

Das war Helli zu viel. Ohne sich zu besinnen, lief er zum Ausgang der Blüte und sprang hinaus.

Im Augenblick hatte er seine ursprüngliche Größe wieder bekommen, riss blitzschnell die Diebin mit einem Blatt von der Blüte weg, gerade als sie wieder eindringen wollte, und ließ sie ins Gras fallen.

„So, meine Liebe. Und jetzt machen Sie, dass Sie weiterkommen! Halten Sie sich gefälligst an Ihre Sonnenblumen und lassen Sie fremde Honigtöpfe in Ruh. Vor dem Wiederkommen wird gewarnt. Es könnte Ihnen schlecht bekommen! So, und nun leben Sie wohl! Auf Nimmerwiedersehn!“ Die Wespe suchte schleunigst das Weite und schimpfte dabei laut vor sich hin.

Gleich darauf erschien das Blumenseelchen am Ausgangstor der Blüte und dankte Helli mit herzlichen Worten.

„Ach lass doch“, sagte Helli freundlich, „ich bin froh, dass ich dir helfen konnte! Du hast mich ja heute in deine Wunderwelt geführt. Ich muss dir danken!“

Da lächelte Li glücklich und zeigte Helli ihren schönsten Tanz.

Die Sonne schien hell – die Blumen dufteten – Li drehte und bog sich lächelnd im Tanz …

Helli war aus tiefstem Herzen glücklich.

Die Wiesengesellschaft.

Auf der Wiese fand Helli eine große Gesellschaft versammelt. Da standen Gänseblümchen, Federnelken und Margueriten eifrig plaudernd beisammen, dort besprach der blaue Salbei mit dem goldenen Hahnenfuß die Tagesereignisse, drüben stand der Klee mit hochrotem Köpfchen bei Löwenzahn und Storchschnabel. Jauchzend hob der kleine Milchstern seine schneeweißen Blütensträußchen, und das Vergissmeinnicht guckte mit lieben, blauen Augen fröhlich um sich. Geschäftig summten Bienen und Hummeln umher, und die Schmetterlinge zogen leicht und lautlos von Blüte zu Blüte.

Am klaren Bach stand die Dotterblume, umgeben von ihrer zahlreichen Kinderschar, und erzählte den Kleinen die Geschichte vom Goldregen, der einst weiße Blütenkerzchen getragen und die Sonne so sehr geliebt hatte, dass er zu ihr emporwachsen wollte.

Und so stark war er in seiner Sehnsucht geworden, dass er durch Nebel und Wolken gewachsen war und wirklich die Sonne erreicht hatte. Und als die weißen Blüten die Sonne geküsst hatten, fielen sie schwer herab, denn sie waren außen und innen vergoldet. Als der Goldregen wieder unter den Blumen stand, da war das flüssige Sonnengold an ihm hinabgerieselt, und dieser wirkliche Goldregen hatte die kleinen Blumen auf der Wiese bis ins innerste Kämmerlein vergoldet — den Löwenzahn und den Hahnenfuß. Einige Tropfen waren auch in den Lilienkelch gerollt und in seinem Grunde liegen geblieben. Seit der Zeit hat der Goldregen seine langen, goldigen Blütentrauben. „Auch wir, meine Lieben", schloss die Dotterblume ihre Erzählung, „haben damals unsere goldenen Blüten bekommen, denn so etwas vererbt sich von Blume zu Blume!"

So erzählte die Dotterblume und sah zärtlich auf die vielen blonden Köpfchen ihrer Kinder herab. Die Allerkleinsten waren noch ganz grün, hatten die winzigen Köpfe auf runde Kissen gedrückt und schliefen fest. Aber die größeren lauschten und fanden es wunderschön – im Schoß der Mutter zu sitzen, wenn sie Geschichten erzählte, das Bächlein nebenan plätscherte und die Sonne schien. – Die kleinen Dotterblumen waren sehr, sehr glücklich.

— —

Und nicht nur die Dotterblumenkinder waren es, alles war hier so fröhlich: das lila Schaumkraut tanzte mit leichten Füßen wie Schaum über die ganze Wiese. Und selbst das Gras blühte. Aus seinen zarten Rispen strömte beim leisesten Lufthauch goldener Blütenstaub und zog wie ein Duftwölkchen dahin.

„Es ist ein wahrer Genuss", sagten die Gänseblümchen inbrünstig und hielten die weißen Blütensterne strahlend der Sonne zugewandt. „Ein Hochgenuss!"

„Das ist es!", bestätigte das Vergissmeinnicht innig. „Besonders

weil wir hier nie Durst leiden müssen! – Was machen aber unsere Schwestern im Menschenland, wenn es lange nicht regnet und die Sonne so stark scheint?"

„Vorsorgen, Liebes, beizeiten vorsorgen! Wie wir es taten!", lachten die Gänseblümchen.

„Ach", riefen nun alle erstaunt und umdrängten die Gänseblümchen – auch Helli kam neugierig heran –, und alle fragten: „Wie macht ihr das? Wie macht ihr das?"

„Schlau!", kicherten die Gänseblümchen. „Seht, so: Unsere grünen Blätter sind Sammelteller, die halten wir auf, wenn es regnet, und sammeln das Wasser darin. Von da wird es über die Stiele – seht ihr die feinen Rinnen darin? – gerade zur Wurzel geleitet! Na und dann trinken wir es!!!"

„Fein!", riefen alle, „ihr seid gescheite Leute!"

„Das ist noch nicht alles!", sagten die Gänseblümchen. „Wir haben noch etwas Feines ausgedacht: Damit die Erde um unsere Wurzel herum schön feucht bleibt, decken wir sie mit den Blättern zu. Jetzt kann die Sonne sie nicht austrocknen. Hihihi! Unser Blätterkranz ist ein feiner Sonnenschirm!!"

Da waren alle ganz entzückt von der Klugheit der Gänseblümchen. Aber der Löwenzahn sagte patzig:

„Das kann ich schon längst und noch viel mehr!“ Und nun schnatterte er los: „Kommst du in trockenen Boden, hat meine Mutter gesagt, so breite eine große Blattrosette um dich aus! Kommst du in feuchte Erde, hat meine Mutter gesagt, so hast du das nicht nötig. Dann richte deine Blätter empor und sieh zu, dass sie mit dem Gras um die Wette wachsen, sonst bekommst du nicht genug Licht! hat meine Mutter gesagt. Ich kann also das und das!“

„Papperlapp!“, rief die Distel. „Du kannst sehr viel, aber wehren kannst du dich nicht. – Wenn du ins Menschenland kommst, bist du verloren. Andere haben sich mit Dornen und Stacheln ausgerüstet zum

Schutz gegen die Weidetiere, das Vergissmeinnicht lässt sich Haare an Stängeln und Blättern wachsen, damit die Raupen nicht zu seinen Blättern können. Aber du, was hast denn du?? Deine grünen Zähne tun keiner Fliege weh! Löwenzahn nennt sich das! Hahaha! Löwenzahn! Und hat – grüne Lappen, nichts als Lappen!"

Darüber musste ein Milchstern so herzlich lachen, dass er sich die Seiten hielt.

„Stacheln – Dornen – Haare", sagte der Löwenzahn verächtlich, „brauch ich nicht! Ich habe was viel Besseres!"

„Und das wäre?"

„Gift! In meinen Adern fließt ein weißer Saft, der ist giftig. Das spüren die Raupen mit ihrem feinen Geruchssinn gleich und lassen mich hübsch in Ruhe. Er würde ihnen sonst unbarmherzig die gierigen Mäulchen verkleben! Dieses Gift ist eine ganz besonders feine Erfindung, denn es schützt mich auch vor – Blutvergiftungen! Wenn ich verletzt werde, strömt es sofort aus der Wunde und schließt sie. Ich brauch also keinen Verband!"

„Du bist ein Tausendsassa!", rief Helli voll Bewunderung.

„Wenn du erst wüsstest, wie ich meine Blüte eingerichtet habe, dass der Blütenstaub ...!"

„Tatarataaaa! Tatarataaaa!", klang's plötzlich. Lilien kamen gelaufen und verkündeten aus silbernen Trompeten, dass im jüngsten Heckenrosenstrauch soeben die erste Knospe erblüht ist. Alle sind freundlich zum Geburtsfeste der jungen Rose geladen. (Bei den Blumen wird natürlich immer der eigentliche Geburtstag, der Tag, an dem sie das Licht der Welt erblicken, gefeiert. Und wenn ein Rosenstrauch seine allererste Blüte zur Welt bringt, dann gibt's ein regelrechtes Volksfest.)

Im ganzen Blumenlande läuteten die Glocken, und alles strömte zum Feste. Helli musste natürlich mit.

Das Geburtsfest der Rose.

Vor dem Wildrosenstrauch standen sechs grüngoldene Rosenkäfer feierlich Spalier. Frau Spinne hatte in aller Eile über die Rosenzweige ein feines Dach gesponnen, darauf saßen nun zahllose Blaufälterchen, und das Rosenkind hatte das allerschönste Himmelbett.

O wie lieb war das Geburtstagskind! In ihrer Blüte lag die kleine Blumenseele auf rosenroten, duftenden Seidenkissen und hatte soeben die klaren Äuglein aufgeschlagen. Ein Stiefmütterchen betreute liebevoll das Rosenkind.

Alle waren entzückt von der kleinen Rose und wünschten ihr Glück. Sie solle sich prächtig entwickeln, immer so lieblich und anmutig bleiben und recht viel Besuch von Schmetterlingen und Rosenkäfern bekommen. Helli wünschte ihr, dass sie einmal eine schöne, rote Hagebutte werde, prall, rund und glänzend, mit goldenen Samenkernchen bis an den Rand gefüllt.

Die Mutter der Blumen schenkte der jungen Rose ein

Goldkrönlein mit vielen feinen Zacken und winzigen Goldkugeln daran. Die stand dem Rosenkind allerliebst.

Die Distel brachte als Taufgeschenk ein Säckchen feingeschliffener Dolche, die sie an allen Armen des Wildrosenstrauches befestigte. „Für alle Fälle!“, sagte sie. „Vielleicht kannst du sie mal im Menschenlande brauchen!“

Der Rosenstrauch bedankte sich herzlich für die Fürsorge. Er fühle sich nun ganz beruhigt, sagte er.

Dann wurde das Rosenkind mit Tau getauft. Dazu spielten die Musikanten, Heuschrecken und Grillen, ein wunderschönes Lied auf den Geigen, und alle sangen dazu.

Als die Feier zu Ende war, begann das große Fest. Die Spinne hatte feine Schaukeln zwischen den Grashalmen aufgehängt, und jauchzend schaukelten die Blumenkinder darauf. Lange Tische waren aufgestellt und mit Näschereien bedeckt. Man schmauste Blütenstaubbrötchen mit Honig, trank Tau aus schlanken Moosbechern dazu, lachte und scherzte. Helli aß süße Walderdbeeren.

Plötzlich entdeckte er eine Tafel, auf der stand: „Es ist verboten, hier Fliegen zu fressen!“ Erstaunt fragte er, wem denn in aller Welt die sonderbare Inschrift gelte?

„Dem Sonnentau!“, riefen alle wie aus einem Munde. „Weißt du nicht, dass er Insekten frisst?“

„Waaaas?? Eine Pflanze sollte — — — ? Das ist doch unmöglich!!“

„Schau doch“, rief der Ehrenpreis, „dort drüben sitzt er und verspeist soeben eine Fliege! – Brrr!“

Das musste Helli natürlich sehen. Eins, zwei, drei! war er beim Sonnentau.

„Lass dir Zeit, Helli“, sagte der seelenruhig, „so schnell geht es nicht! – Aber schau nur zu, so etwas siehst du nicht alle Tage.“

IBM

Nun sah es Helli deutlich: Der Sonnentau hielt in einem seiner klebrigen Händchen eine Fliege gefangen; jetzt schloss er gemächlich – die Fliege konnte ja nicht entkommen – die zarten Händchen darüber, und nun saugte er sie wirklich auf!

„Sie schmeckt ausgezeichnet!", versicherte er.

„Was es alles gibt!", dachte Helli erstaunt. „Insektenfressende Pflanzen! Unglaublich."

Indessen waren auf der Wiese die Tische weggetragen worden, und die Blumen drehten sich im Tanz, dass die Röckchen flogen ...

Es wurde Abend, die Sterne blitzten auf, in der Ferne begannen die Bäume zu rauschen.

Und nun sollte das Schönste kommen: Die Wasserrosen luden zur Feier des Geburtsfestes ihrer Base alle Blumen zum Bootfahren ein. Prächtige Segelschiffe standen am Teichufer bereit. Se–gel–schif–fe – jawohl!! Es waren grüne Seerosenblätter, auf denen je ein Segelfalter, ein Leuchtkäferchen mit der Laterne und ein Musikant (Grille oder Heuschreck) saß.

Das war eine Überraschung! Jubelnd stiegen alle Blumen in die Boote, Alt und Jung, Groß und Klein. Der Nachtwind blies in die feinen Flügel der Falter, dass sie sich wie kleine Segel blähten, und die Schiffe glitten über das Wasser. Aus allen Booten klang fröhliches Lachen, Musik und Gesang, die Leuchtkäferchen leuchteten aus Leibeskräften, die Musikanten spielten, und es war unbeschreiblich schön, wie die buntfarbigen Blumenschiffe mit den vielen goldenen Lichtern über den dunklen Teich zogen.

Helli saß am Ufer und sah auf das Lichtermeer herab. „Es sieht aus“, dachte er, „als wäre der ganze Sternenhimmel in den tiefschwarzen Teich gefallen, ein Himmel mit winzigen Sternlein!“ Helli wird dieses Fest nie vergessen.

Ehe man sich zur Ruh’ begab, sang man dem Rosenkind noch ein wunderschönes Schlummerlied. Leise und süß klangen die glockenreinen Stimmen der Blumen durch die silberblaue Nacht.

Dann gingen alle zur Ruhe und träumten von dem herrlichen Fest.

Die Gerichtsverhandlung.

Eines Tages lief Helli in den Nadelwald im Süden des Blumenlandes. Er sang und sprang und war guter Dinge. Plötzlich stockte sein Fuß. Er hörte lautes Stimmengewirr, zorniges, erregtes Schreien, ganz in der Nähe. Was war das?

Da kamen drei Waldorchideen gelaufen und riefen: „Du kommst gerade recht, Helli! Wir halten soeben Gericht! Komm!" Damit führten sie ihn auf eine kleine Waldlichtung hinaus. Dort standen viele Blumen in großer Erregung im Kreis herum. Richter Türkenbund saß würdevoll am grünen Tisch, umgeben von den Geschworenen: Wolfsmilch, Storchschnabel, Hahnenfuß und Aronstab. Der Ehrenpreis hatte das Mitschreiben ehrenamtlich übernommen. Nun läutete er eine Waldglocke, und es wurde still. Auf den Wink des Richters führten zwei Eisenhüte ein seltsames Wesen herein. Es hatte einen gelblichen, fleischigen Stiel mit roten Blüten daran. Geisterhaft leuchtete es aus dem dunklen Grund. Es war das seltsamste Geschöpfchen, das Helli je gesehen. Wie ein kleines Gespenst stand es da mit seinem dicken, hässlichen Stiel und trug kein grünes Blatt.

„Wer ist denn das?“, fragte Helli erstaunt.

„Ich bin die Schuppenwurz!“, sagte es dreist. „Und zugleich die klügste aller Blumen!“

„Angeklagte, halten Sie den Mund, bis Sie gefragt werden!“, rief der Richter streng. „Der Kläger hat das Wort!“

Mit raschem Bückling trat ein Fichtenborkenkäfer vor. „Die Schuppenwurz ist eine Diebin!“, schnarrte er. „Sie ist zu faul, selbst Nahrung zu suchen, und da raubt sie meiner Fichte den besten Saft!“

„Wie ist das möglich?“, fragte der Richter. „Angeklagte, verteidigen Sie sich!“

„Einen Augenblick!“, meinte die Schuppenwurz. „Ich muss mich erst an das Licht gewöhnen.“

„Lichtscheue Person!“, schimpfte der Borkenkäfer, obwohl er selbst das Licht hasste.

Darauf klagte ihn die Schuppenwurz auf Ehrenbeleidigung. Der Ehrenpreis notierte es.

Nun trat die Schuppenwurz vor, blickte sich im Kreise um und sagte ruhig: „Es kann mir doch niemand verbieten, im Wirtshaus zu speisen!!“

„Im – Wirtshaus???“, fragten alle.

„Ja! Die Fichte ist mein Wirtshaus! Ich bin Stammgast bei ihr – eigentlich Wurzelgast!“

„Wollen Sie sich nicht näher erklären?“, fragte der Richter.

„O ja, gern! Das ist so: Die Fichte schickt ihre großen Wurzeln auf Nahrungssuche aus. So eine mit Säften gefüllte Baumwurzel ist nun mein Wirtshaus oder meine Speisekammer – wie ihr wollt. Da stecke ich nämlich meine Wurzel hinein und hole mir alles Gute heraus. So bin ich fürs Leben versorgt und brauche mich nicht zu plagen!“

„Da haben Sie's!", schrie der Fichtenborkenkäfer empört. „Geht ins Gasthaus und denkt gar nicht ans Zahlen! So ein Schmarotzer! Schämen Sie sich!"

„Schmarotzer!", schrien alle. „Schmarotzer!"

Der Ehrenpreis läutete die Glocke, und der Richter befahl Ruhe. Sonst würde er den Saal augenblicklich räumen lassen!

Dann sagte er: „Ihr Geständnis ehrt Sie! Dennoch muss ich Sie einsperren lassen." Die Schuppenwurz begann nun doch zu zittern. Sie erbleichte, die Eisenhüte sprangen herbei und stützten sie. „Bevor ich Sie aber abführen lasse, habe ich noch eine Frage an den Kläger zu stellen! Kläger, treten Sie vor und antworten Sie! Kommen Sie eigentlich im Auftrage der Fichte hierher? Hat die Fichte Sie geschickt?"

Der Fichtenborkenkäfer wurde verlegen. Er hustete und trat sich mit einem Bein auf das andere. „Eigentlich nicht!", stotterte er dann. „Ich dachte ------ ich – meinte --- "

„Ach so!", machte der Richter. „Nun kann ich mir schon denken,

warum Sie die Schuppenwurz klagten. — — — — — Ehrenpreis, laufen Sie mal rasch zur Fichte hinüber und fragen Sie, ob sie sich durch die Schuppenwurz sehr geschädigt fühlt!"

Der Ehrenpreis lief zur Fichte, und als er wiederkam, schüttelte er sich vor Lachen: Die Fichte weiß überhaupt nicht, dass sie bestohlen worden ist!!! Sie hat die Schuppenwurz gar nicht gefühlt! Sie hat sogar gelacht und gerufen: „Schick mir das kluge Kerlchen nur gleich wieder her!"

Da lachten alle herzlich, und als der Richter die Schuppenwurz freisprach, klatschten die Blumen in die Hände und riefen: „Unser Schlaumeier lebe hoch! hoch! hoch!"

Die Schuppenwurz knickste und bedankte sich lächelnd, darauf führten sie die Eisenhüte wieder zur Fichte zurück. Aber nun war es ein Ehrengeleit!

„Die Fichte würde schon anders reden, wenn auf jeder ihrer Wurzeln so ein Schmarotzer säße!", sagte der Richter lachend zu Helli. „Sie ist ein arger Racker, diese Schuppenwurz, aber man kann ihr nicht böse sein."

„Nein, das kann man wirklich nicht!", lachte Helli. „Aber wo ist denn der Fichtenborkenkäfer?"

Da brachte ihn die Wolfsmilch gerade geschleppt, er hatte auskneifen wollen und war doch auf Ehrenbeleidigung geklagt! Er hatte doch „lichtscheue Person!" geschimpft und damit die Schuppenwurz beleidigt!

Nun musste er eine schöne Entschuldigung schreiben und sie der Schuppenwurz selber hintragen. Das hatte er nun davon!

„In meinem Leben klag' ich niemanden mehr!", schwor er sich selber und verschwand schleunigst in seiner Fichte.

„Wer zuletzt lacht, lacht am besten!", kicherte die Schuppenwurz. Und – ob ihr's glaubt oder nicht – sie schmarotzt heute noch!

In der Blumenschule.

Einmal ging Helli auch in die Blumenschule unter dem Berberitzenstrauch. Hier erfuhren die Blumenkinder alles, was für sie wichtig ist; die Erfahrungen der älteren Blumen wurden ihnen ganz genau erzählt. Aber nicht nur das – die Blumenkinder mussten damals noch vieles selbst ausdenken, selbst erfinden!

Als Helli kam, hatten gerade die Kleinsten Unterricht. Sie saßen um ihre Lehrerin, ein Stiefmütterchen, herum und hatten sehr viel zu lernen:

Wie man den Saft aus der Erde zieht, wie man sich gerade hält, wie man richtig atmet, wie man seine Blätter schön ausbreitet, wie man sich dem Lichte zudreht.

„Das ist das Wichtigste!“, sagte die Lehrerin, „denn ohne Licht würdet ihr ganz elend zugrunde gehen. Wer einmal einen dunklen Wohnplatz hat, der muss sich so lange drehen, so lange suchen, bis er Licht bekommt! Darum müssen auch die kleinen Winden klettern lernen!“ – Da rief ein Maiglöckchen: „Ja, ohne Licht möcht’ ich nicht sein! Brrr, wie dunkel war es in der Erde! Und so hart war sie! – Aber ich wollte durchaus ans Licht, und da hab ich die Arme über dem Kopf zusammengeschlagen, damit ich mir nicht wehtu, und hab mich fest, fest durchgebohrt!“ – „Das war tapfer!“, sagte die Lehrerin.

Die Vergissmeinnichtchen lernten jetzt, sich langsam aufzurollen, dass jede ihrer Blüten, eine nach der anderen, ans Licht käme.

Nun mussten die kleinen Glockenblumen noch läuten lernen und zeigen, wie man sich vor dem Wind verneigt. Die Gänseblümchen und der Enzian lernten die Blüte auf- und zumachen, damit sie früh und abends nicht mehr so lang dazu brauchten. Zum Schluss zeigte die Lehrerin den Kleinen, wie man die

Schmetterlinge ruft und wie der Samen bereitet wird. Dann war die Schule aus, und alle liefen in den Schulgarten, ins Plantschbad. Da plätscherten sie lustig und spritzten einander an. Hei, das war fein!

Nur zwei durften nicht plantschen – der junge Sonnentau und der kleine Mohn. Ja, was hatten sie denn angestellt? Der Sonnentau hatte eine Fliege gefangen und wollte sie natürlich gleich verspeisen. Weil das aber in der Schulzeit nicht erlaubt ist, hatte der Mohn schnell die große Glocke geläutet – mitten in der Stunde –, er wollte „Pause“ machen!!!! Ja, wenn jeder, wann er wollte, „Pause“ machen könnte, das wäre eine schöne Wirtschaft! Dazu hatten beide laut gelacht. Also war es ganz in Ordnung, dass sie nicht plantschen durften. Findet ihr nicht auch?

Dann kam die Oberklasse daran. Eine Goldakelei war hier die Lehrerin. Die großen Blumenkinder trugen in ihrer Schultasche schon reifen Samen, den sie in ihren ersten Blüten selbst bereitet hatten. Nun sollten sie erzählen, wie sie den Samen im Menschenlande verbreiten wollten. Es sollten doch immer recht viele Blumen dort blühen!

„Wer sich am feinsten ausgedacht hat, wie er seinen Samen recht weit verbreiten kann“, hatte die Lehrerin gesagt, „der bekommt das Goldkrönlein und darf beim Theaterspielen der Elfenkönig sein!“ Da hatten alle angestrengt nachgedacht, denn jede wollte natürlich der Elfenkönig sein.

Helli wurde freundlichst eingeladen zuzuhören, und alle setzten sich flink im Kreis herum. „Also los!“, rief die Lehrerin fröhlich. „Wer hat sich was Schönes ausgedacht?“

Da meldete sich zuerst das Veilchen: „Ich habe eine kleine Kapsel gemacht“, erklärte es eifrig, „da liegen die Samenkörnchen drin; wenn sie reif sind, lass ich diese drei Klappen aufspringen und der Samen hüpft heraus!“ –

„Fein!“, riefen alle, und die Lehrerin lobte das Veilchen sehr.

„Ich hab auch eine Kapsel!“, sagte die kleine Waldglocke, „aber ich hab drei Gucklöcher hineingemacht, da kann der Samen herausfallen. An den Fensterchen hab ich Läden angebracht, die mach’ ich bei feuchtem Wetter zu, damit dem Samen nichts geschieht, bei trockenem Wetter öffne ich sie wieder!“

„Sehr gescheit! – Ausgezeichnet! – Seht her, der Mohn hat auch was Liebes!“ – „Ich hab ein Töpfchen mit einem Deckel gemacht – damit’s nicht hineinregnet!“, sagte der Mohn (aus der Oberklasse). „Unter dem Deckel sind zehn kleine Löcher, da soll der Wind den Samen hinausblasen. Der Wind ist mein Diener, wisst ihr!“, kicherte der freche, kleine Mohn. Alle lachten und bewunderten das Töpfchen mit dem Deckel sehr, und alle wollten den Deckel wegheben und hineingucken.

Dann kam die gelbe Sumpfdotterblume daran. „Dem Wind darf ich meinen Samen nicht anvertrauen, der würde ihn vielleicht auf trockenen Boden fallen lassen, der leichtsinnige Bursche, wir können doch nur am Wasser gedeihen. Wisst ihr, wer meinen Samen wegtragen muss? – Das Wasser! Ich lasse ihn einfach in den Bach fallen, und das Wasser trägt ihn fort. Irgendwo am Ufer ladet es ihn ab, und da gibt's dann wieder kleine Dotterblumen, ganz beim Wasser, so wie wir's gern wollen. Ist das nicht fein?“

„Herrlich!“, riefen alle und freuten sich. „Ein guter Einfall!“

Da kam die junge Klette gelaufen. Die hatte sich was Lustiges ausgedacht. „Seht“, rief sie und lachte, „ich hab an jedem Samenkorn ein Häkchen angebracht. Mit den kleinen Haken häng ich drüben im Menschenland meine Samenkörner jedem an, der an mir vorbeikommt: den Menschen an die Kleider, den Vögeln in die Federn, dem Hasen ins Fell. Die werden sie weit umhertragen, und es wird bald überall Kletten geben!“

Da riefen und jubelten alle: „Die Klette bekommt das Krönchen!“

Aber die Lehrerin sagte: „Wir wollen doch noch die andern hören!“

„Ich hab mir auch was Lustiges ausgedacht!“, sagte das kleine Springkraut. „Ich schieße meinen Samen in die Welt hinaus!“

„Schießen?", fragten alle und sperrten die Mäulchen auf.

„Jawohl, schaut nur die grünen Pistolen an, die sind mit Samen geladen, man braucht nur anzutupfen und sie gehen los!"

Ein Vergissmeinnicht kam neugierig näher, fasste eine Pistole an, da machte es piff! – der Schuss ging los, – der Samen flog heraus – und – das Vergissmeinnicht saß im Grase! Bums!

„Hahaha!" Da lachten alle Blumen, das war zu lustig. Jetzt wollte jede schießen, sie begannen beinahe um die kleinen Pistolen zu streiten. Und dann knallte und schoss es, nur für Blumen hörbar, aber für die sehr laut: Piff! Piff! Piff! Die Samenkörner flogen nur so umher. Es war ein großer Spaß! Das Springkraut musste das Krönlein bekommen. Das meinte auch Helli.

Aber da kam noch jemand daher, recht verspätet und ganz erhitzt – es war der junge Löwenzahn. „Was hast du? Was hast du?", riefen alle, „und warum kommst du so spät?"

„Ich bitte um Entschuldigung", sagte der Löwenzahn atemlos, „aber ich hab so viel zu tun gehabt, ich bin jetzt erst fertig geworden. Ich hab nämlich kleine Schirme gemacht und an jeden ein Samenkörnchen angehängt, die wird nun der Wind weit ins Land blasen. Wollt ihr einmal Wind spielen, dass ihr es seht?“

Das wollten natürlich alle und bliesen die feinen, weißen Schirmchen kräftig an – fffffft! – Da schwebten sie wie kleine Luftballone über die Wiese und in jeder Gondel saß ein Samenmännchen! So schön! So schön! Sie flogen weit, weit fort, viel weiter als alle andern.

Da klatschten die Blumen voll Freude in die Hände und der kleine Löwenzahn bekam das Goldkrönlein aufgesetzt. Alle umtanzten ihn, schrien und jubelten. „Komm ins Plantschbad!“, riefen sie, „da kannst du im Wasserspiegel sehen, wie schön du bist!“, und zogen ihn hin. Der Löwenzahn guckte hinein und fand sich sehr schön. Dann rief er: „Aber jetzt muss ich plantschen und wenn ich das Krönchen verliere!“, tat einen Juchzer und sprang ins Wasser. Sieh, da war das Goldkrönchen festgewachsen, und er verlor es nie mehr. Er durfte es immer behalten, ja er trägt es heute noch. Er hat sich auch wirklich was Feines ausgedacht, der kleine Löwenzahn!

Im Blumenkrankenhaus.

Eines Tages ging Helli auch in das Blumenkrankenhaus unter dem Fliederbusch. In dem kühlen, grünen Haus huschten die Krankenschwestern, weiße Astern, leise von einer kranken Blume zur andern. Da lag der schlimme, kleine Mohn (aus der ersten Klasse!) mit Fieber und Halsweh, weil er sich beim Spielen erhitzt und dann kaltes Wasser getrunken hatte. Das Buschwindröschen klagte über Ohrenstechen, es war im Menschenland draußen zu lange im Wind gestanden! Das Vergissmeinnicht hatte Leibschmerzen; das kommt vom vielen Pantschen, ja, ja, weil es immer die Füße im Wasser haben musste! Die Glockenblume hatte Rückenschmerzen, sie war immer so gebeugt gestanden und hatte sich nicht gerade halten wollen. Dem Gänseblümchen taten die Äuglein weh, es hatte zu viel in die Sonne geguckt. Die Tulpe klagte über Gliederstechen, die gelbe Dahlie hatte eine große Geschwulst und die Taubnessel ein Ohrenleiden. Sie war beinahe taub davon.

Die weißen Pflegerinnen gingen von Bett zu Bett, sie machten Umschläge, brachten Tee, Pulver, Pillen, Medizin und rückten die Kissen zurecht. Das Gänseblümchen bekam Augentropfen, das Vergissmeinnicht Kamillentee und einen Wickel, der kleine Mohn musste schwitzen und wurde ins Dampfbad gebracht. Das Buschwindröschen bekam etwas Wolle von der Waldrebe in die kleinwinzigen Ohren und durfte nach Hause gehen. Eine Krankenschwester schnitt der Dahlie die Geschwulst auf. Dann ging sie zur Taubnessel, um auch ihr zu helfen. – Ein Stiefmütterchen brachte den kleinen Wiesenklee. Er hatte die Röteln und wurde hinter den Fliederbusch gelegt, damit die andern nicht angesteckt würden. – Auch das Maiglöckchen musste ins Freie getragen werden, es verbreitete so starken Duft, dass alle Kopfschmerzen davon bekamen.

Aus dem Menschenland war eine ganz bleiche Rose herübergekommen; sie war in einem Keller vergessen worden und hatte kein Licht bekommen. Nein, wie sie aussah, die kleine Rose! So blass! So blass! Sogar die Stiele und die grünen Blättchen waren gelb geworden! Jetzt musste sie eine Liegekur in der Sonne machen; bei trübem Wetter bekam sie Bestrahlungen. Hoffentlich wird sie noch gesund. Die Blumen-Gelbsucht ist eine böse Krankheit!

Die Rose hatte schlechte Nachrichten von drüben gebracht: Viel Leid hatten die Blumen wieder zu erdulden! Und was das Ärgste war – man konnte ihnen nicht helfen. Die Rose war in Sorge um sie. Die liebe, kleine Rose! Sie war doch selbst krank und sorgte sich noch so um die andern!

Helli küsste sie und verabschiedete sich auch von den freundlichen Schwestern. Er wollte zur Mutter der Blumen, um mit ihr zu sprechen. Vorher musste er aber noch schnell in die Schule laufen. Eine Pflegerin hatte ihn gebeten, die erkrankten Kinder bei der Lehrerin zu entschuldigen.

III.
Große Ereignisse.

Als Helli aus der Schule kam, liefen ihm einige Blumen aufgeregt entgegen: Es müsse etwas Schreckliches geschehen sein, die Mutter habe sich eingeschlossen, niemand dürfe zu ihr außer ihm. Er solle nur eilen.

Helli traf die Mutter der Blumen über ein dickes Buch gebeugt. Es war ihr Lebensbuch und enthielt die Geschichte der Blumen. Hier hatte sie alle Liebe und alles Leid aufgeschrieben, das den Blumen von den Menschen zugefügt worden war. Jetzt unterstrich sie das Liebe, das die Menschen den Blumen getan hatten, mit einem roten Stift, das Böse mit einem schwarzen. Und als sie die Striche zählte, da waren es viele Millionen schwarzer, aber nur wenige Hundert roter Striche. „Auf tausend Leiden kam eine Freude, Helli!“, sagte die Mutter der Blumen. „Aber was in der letzten Zeit geschehen ist, übersteigt alles, lies!“

Und Helli las:

IRM

„Seit vielen tausend Jahren schreibe ich in dieses Buch über das Leben meiner Kinder, der Blumen. Unermesslich ist das Leid, das gedankenlose Menschen über sie gebracht haben. Aber so schlimm wie in den letzten Jahren war es noch nie. Täglich mehrten sich die Klagen. Und heute kamen gar einige meiner Kinder zu mir geflohen. Wie sahen sie aus! Der einen war das Blattärmchen gebrochen, der zweiten die Knospe geknickt worden, der dritten hatte ein Junge den Kopf abgeschlagen! Der Marguerite waren die schönen weißen Blätter ausgezupft worden. Die einen waren halb zertreten, den andern waren einige Glieder zermalmt oder die Rippen zerbrochen worden. Die armen Kinder hatten sich kaum noch zu mir schleppen können, viele sollen auf halbem Wege liegen geblieben sein. Eine Glockenblume ist schon gestorben. Die Kinder erzählten noch Entsetzlicheres: Hunderte von Veilchen wurden gepflückt und dann weggeworfen – sie verdursten und ersticken jetzt im Staub! Die Dotterblumen und die Vergissmeinnicht sind bündelweise abgerissen worden, keine einzige Blume steht mehr am Bach! Mitten in diese Wiese haben sich Menschen gelegt und viele, viele Blumen dabei geknickt – abgebrochen – zertreten – totgedrückt!!! So erzählten die Kinder und baten mich, die Schwestern zu schützen. ‚Tausende blühen noch in Wald und Flur! Rette sie, Mutter!‘, flehten sie.

Ich habe lange gekämpft – aber jetzt steht mein Entschluss fest: Ich rufe alle Blumen in die Heimat zurück. Mögen die Menschen klagen, sie allein trifft die Schuld! Ich muss die Kinder schützen!“ Helli war beim Lesen ganz blass geworden. Jetzt sprang er auf und rief: „Du tust, was jede Mutter täte, wüsste sie ihre Kinder in Gefahr. Ich will helfen. Was soll ich tun?“

Die Mutter strich über die goldenen Locken des Knaben und sagte: „Rufe die Kinder heim! Alle, Helli! Alle!“

Helli eilte hinaus und ließ sich vom Wind auf den Abendstern tragen. Als der Knabe auf der äußersten Spitze des Sternes kniete, rief er mit lauter Stimme:

„Hört mich, ihr Blumen im Menschenland!

Die Mutter hat vernommen, dass euch wieder viel Leid zugefügt wurde. Sie ruft euch darum heim. Ihr Ruf ergeht an alle Blumen, Groß und Klein, an Wald-, Wiesen-, Feld- und Gartenblumen. Kommt in die Heimat! Da wollen wir fröhlich sein. Die Mutter erwartet euch voll Sehnsucht! Eilt euch!“

Da brach unter den Blumen ein Jubel aus, wie ihn noch niemand sah. Sie hatten sich vor den Menschen gefürchtet und zogen nun blitzschnell die Würzelchen aus der Erde. Jubelnd liefen die kleinen Blumen der Heimat zu.

Die Blumen kehren heim.

Indessen herrschte im Blumenlande große Unruhe. Die ganze Nacht war gearbeitet worden, die Schwestern sollten doch recht festlich empfangen werden! Gerade zu Sonnenaufgang war alles fertig. Die Winden hatten das Eingangstor umkränzt, die Gänseblümchen die Wege blank gefegt, die Vergissmeinnicht Wasser von den Quellen geholt. Erfrischungen standen bereit, im Plantschbad war frisches Wasser eingefüllt worden, auch Brausebäder gab es! Im Blatthaus, am Fuße des Glasberges, waren frische Kleidchen in allen Farben zu haben, Blattschuhe, Käppchen und Sonnenschirme. Die unterirdischen Gänge

wurden von Königskerzen beleuchtet, Wegwarten waren den Schwestern entgegengelaufen, sie wollten ihnen den Weg in die Heimat zeigen. So war für alles aufs Beste gesorgt. Gerade als die letzten Vorbereitungen getroffen waren, kamen die ersten Blumen an. Atemlos und erhitzt, aber überglücklich warfen sie sich der Mutter in die Arme. Dann umarmten sie die Schwestern.

Das war ein Lachen und Jubeln! Von allen Seiten strömten sie herbei – ein Glück, dass das Reich so groß ist – und zu Mittag waren alle daheim angekommen. Nun wurde gebadet, bei den Brausebädern gab's ein Gedränge und viel Kichern, dann zogen die Kleinen frische Kleidchen an, und das Festmahl begann. Man schmauste Honigbrötchen, trank Tau dazu und hatte allen Kummer vergessen. Kaum war das Festmahl zu Ende, da verdunkelte sich der Himmel, und als alle erschreckt emporsahen, da entdeckten sie, dass es lauter, lauter Vögel waren. Alle Singvögel waren den Blumen nachgeflogen – die Schwalben allen voran – und ließen sich nun im Blumenland nieder. Das war wieder eine große Freude. Die Vöglein küssten die Blumen und zwitscherten: „Ohne euch können wir nicht sein! Wir bleiben bei euch!" Da umarmten sich Blumen und Vögel vor lauter Freude.

Als nachher noch die Falter zu Tausenden ankamen, wollte der Jubel kein Ende nehmen. Und nicht nur die Schmetterlinge kamen herbei, auch lange Züge von Käfern, Mücken, Heuschrecken und Grillen trafen ein, ja sogar die Frösche kamen gehüpft und die Eidechsen gelaufen. Ohne Blumen wollen sie alle nicht sein. In dem fröhlichen Durcheinander war Helli eine große Hilfe: Er führte die neuangekommenen Vergissmeinnichtchen zu den Bächen, die Frösche an den See, den Maiglöckchen zeigte er schattige Plätzchen, den Mohnblumen sonnige, den Grillen die schönsten Erdlöcher. Bis zum Abend hatten alle Blumenkinder und alle Tiere gute Schlafplätzchen bekommen. Schmetterlinge und Käfer waren in den Blüten freundlich aufgenommen und aufs Beste bewirtet worden. – In der Rose schliefen zwei Gold- und ein Marienkäfer. Die Mutter musste allen „gute Nacht" sagen, und nun schliefen sie. Nur die Gänseblümchen, die schon vorher im Blumenland gewohnt hatten, waren noch auf; sie wuschen heimlich die zerdrückten Kleidchen der Schwestern im Bächlein und trockneten sie im

Nachtwind. Man hörte sie flüstern und kichern. Die lieben Kleinen! Sie waren gewiss auch müde, und doch arbeiteten sie noch für die andern. — — —

Nun gingen auch sie zur Ruhe. Sie schlossen die strahlenden Augen – man sah es deutlich im Mondenschein – und schliefen ein. Jetzt war es still geworden, nur hie und da lachte eins im Traum. –

Tiefer Friede liegt über dem Blumenland. Alle Blumen sind daheim! Nun kann ihnen nichts geschehen. Wie gut schlafen sie in der Heimat! Und wie froh ist die Mutter der Blumen, als sie sich an diesem Abende zur Ruh' begibt!

Jahre waren vergangen

und noch immer lebten die Blumen in der Heimat. Da hielt es Helli nicht länger: Er musste wissen, wie es im Menschenlande aussah. Bis dahin hatten doch die Blumen dort das ganze Jahr geblüht; nur eine Stunde, die Mitternachtsstunde der Neujahrsnacht, hatten sie alljährlich in der Heimat verbracht. Und nun waren sie schon so lange fort! Wie mochte es jetzt im Menschenlande aussehen? Eines Tages verabschiedete sich Helli von den Blumen und machte sich auf den Weg. Er wollte nur kurze Zeit fortbleiben.

Wirklich war er in wenigen Tagen wieder zurück. Er sah aber so ernst und blass aus, dass die Blumenmutter erschrak, als sie ihn sah. Die Blumen umdrängten ihn, er solle nur gleich sagen, was er gesehen hatte.

Alle nahmen auf der großen Wiese Platz und blickten voll Erwartung auf ihn. Helli sah eine Weile schweigend vor sich nieder, er rang nach Fassung, und als er endlich zu sprechen begann, zitterte eine heiße Erregung in seiner Stimme.

„Ach, ihr Lieben", – sagte er –, „ich habe Furchtbares gesehen! Draußen ist es trostlos! Ihr könnt euch nicht denken wie! ... Die Erde ist ganz öd und kahl! Als ihr in die Heimat zogt, folgten euch doch alle Singvögel, Schmetterlinge, Käfer, Heuschrecken, Grillen, Frösche und Eidechsen, und es wurde totenstill in Wald und Flur. Nur die Hirsche schrien und Raubvögel und Raben krächzten hässlich. Da wurden die Bäume krank. Ihre Blätter färbten sich gelb und braun, wurden dürr und fielen ab ... Seither strecken die Bäume ihre kahlen Äste stöhnend zum Himmel empor. Der Wind raschelt in dem toten Laub und in dem toten Gras, denn auch das Gras ist gestorben! Die Bienen waren nicht ins Blumenland geflogen, weil sie ihre Kinder nicht verlassen wollten. Sie nähren sich und ihre Jungen von den Vorräten aus ihrer Speisekammer. Aber die Vorräte gehen zu Ende, und wenn die Blumen nicht bald wiederkommen, müssen die Völker der Bienen Hungers sterben ... Den Tieren in Wald und Feld, die den Weg ins Blumenland nicht finden konnten, geht es nicht anders; die Rehe nagen in ihrer Not junge Bäume an, manches ist ums Leben gekommen. Die Schnecken haben sich in ihre Häuser zurückgezogen und die Türen verschlossen. Der Sturm sagte sich: „So, jetzt kann ich einmal nach Herzenslust toben, nun kann ich ja kein Unheil anrichten!", und heulte und brauste und rüttelte die ächzenden Bäume. Da fror die Frau Erde so – in dem kalten Wind ohne ihren schönen grünen Mantel, dass sie jammernd um eine Decke bat. Darauf sind dicke Schneeflocken gekommen und Frau Erde wurde — zum ersten Mal — mit Schnee bedeckt. Da sind Flüsse und Seen so erschrocken, dass sie — erstarrt sind! Nun ist alles Leben erstorben: kein Bächlein plätschert, keine Blume blüht, kein Vogel singt, kein Tierlein springt – du kannst dir nicht denken, wie trostlos es drüben ist, Mutter der Blumen! — — —

Die Menschen sind traurig, niemand lacht mehr. Eine Krähe erzählte mir, dass sie zu Tod erschrocken waren, als sie, damals beim Erwachen, keine Blume mehr sahen — die Gärten leer, Wiesen und Wälder wie ausgestorben. Da sollen sie alle Glocken geläutet haben, und die Beratungen hätten schier kein Ende genommen. Von Tag zu Tag haben sie gehofft, dass die Blumen wieder kommen und alles wieder gut würde. Sie haben frischen Samen in die Erde gelegt und ihn tüchtig begossen, aber es ist nichts aufgegangen. Als dann auch noch die Bäume ihr Laub abwarfen und die Erde sich mit Schnee bedeckte, da glaubten sie, es sei das Ende der Welt gekommen.

Nun hungern und frieren die Menschen jämmerlich: Die Bäume tragen keine Früchte, die Bienen erzeugen keinen Honig mehr, weil die Blumen fehlen, und auch die Felder sind kahl: kein grüner Halm wagt sich hervor. Ohne Blumen, Lerchen, Falter, Käfer und Grillen wollen die Ähren nicht gedeihen.

So gehen die Mehlvorräte der Menschen zu Ende, bald wird es kein Brot mehr geben. Da es aber auch keinen Flachs mehr gibt, können sie das Leinen nicht mehr erzeugen! Viele sind krank geworden und können nicht gesund werden, die Vorräte an Medizinen sind schon lange zu Ende, da es keine Heilkräuter mehr gibt! Auch die Futtervorräte gehen bedenklich zu Ende.

Ach, ihr Lieben — bittere Not herrscht im Menschenland!“

So erzählte Helli, und alle waren ganz bestürzt. — Das hatten sie nicht geahnt! Die Mutter war erbleicht und stützte sich schwer auf ein Blumenkind.

„O Mutter“, bat Helli innig, „erbarme dich der Menschen! Sie wissen, warum die Blumen fort sind und werden ihnen gewiss kein Leid mehr zufügen! Denke daran, dass viele Menschen deine Kinder gut gepflegt haben! Sie haben die Blumen lieb – schicke sie wieder ins Menschenland!“

„Ja, Helli!“, sagte die Mutter nach kurzem Besinnen. „Du selbst darfst meine Kinder hinführen. Aber merke dir's gut, nur auf eine bestimmte Zeit. Das ganze Jahr dürfen sie nie mehr bei den Menschen blühen, einen Teil des Jahres sollen sie von nun an in der Heimat verbringen. Da können sie sich erholen, und die Menschen werden sich immer doppelt über meine Blumenkinder freuen, wenn sie wiederkommen!“

Da sprang Helli vor Freude hoch empor und rief: „Das ist ein guter Gedanke! Ich laufe gleich ins Menschenland und verkünde die Nachricht! Das wird eine Freude sein! In der kommenden guten Zeit können die Menschen Vorräte sammeln, dann brauchen sie später nicht zu darben.“

Damit sprang Helli fort und jubelte: „Die Blumen kommen wieder! Die Blumen! Die Blumen!“

Auch die Blumen freuten sich nun und gingen eifrig daran, alles zum Einzug ins Menschenland vorzubereiten. Helli musste auch ein schönes Gewand bekommen. Oh, es sollte ein Fest werden!

Helli führt die Blumen wieder ins Menschenland.

Helli war heimgekehrt und berichtete strahlend, dass die Menschen vor Freude ganz außer Rand und Band wären. Sie hätten fest versprochen, keiner Blume mehr Schmerz zuzufügen, und harrten nun sehnsüchtig der Blumen.

„Wer ist bereit, ins Menschenland zu ziehen?", rief Helli. „ Wer ist schon fertig?"

Da kamen weiße Glöckchen getrippelt und riefen fröhlich: „Wir sind bereit!" Sie hatten ihre Röckchen blendend weiß gewaschen und grüne Spitzen darauf gestickt.

Helli betrachtete sie voll Freude von allen Seiten. „Ihr seht ja reizend aus!", rief er. „Allerliebst! Fürchtet ihr euch nicht vor dem Schnee draußen?"

Die Glöckchen schüttelten: „Nein!"

„Also dann kommt, ihr tapferen – Schneeglöckchen!", rief

Helli, stellte sie zu zweit an und führte sie singend fort. Das war ein langer Zug! Und ein Winken und Grüßen!

Nur der Mutter war bang ums Herz. „Es wird ihnen doch nichts geschehen, meinen lieben Blumenkindern!“, dachte sie.

In der Ferne hörte man Helli singen und die Schneeglöckchen läuten. Plötzlich erhob sich ein Zitronenfalter mit zwei Marienkäferchen – sie flogen mit ins Menschenland!

– –

Die Schneeglöckchen hatten sich leise, leise in die Wälder, auf die Wiesen und manche sogar in die Gärten geschlichen. Da haben sie geläutet und – gewartet; Helli war hinter einem Baum versteckt. Und in der Früh entdeckte ein Kind die Blumen. Das jubelte so laut, dass die Leute in Scharen herbeigelaufen kamen. Wie sie die Schneeglöckchen sahen, da lachten und weinten sie vor Freude. Alle Glocken wurden geläutet, niemand wollte arbeiten, die Kinder bekamen schulfrei. Sie liefen auf die Wiese und umtanzten die Schneeglöckchen. Kein Kind hätte sie abreißen wollen!

Fröhlich weckte Helli die Bäume auf. Die versprachen voll Freude, neue Blätter hervorzubringen. Es würde zwar noch Wochen dauern, aber sie bekämen ganz bestimmt frische grüne Blätter! Dann schickte er den kalten Nordwind fort und holte den warmen Südwind her. Zuletzt bat er die Sonne, recht warm zu scheinen und die Schneeglöckchen zu wärmen. Sie schien nun so warm, dass der Schnee schon zu schmelzen begann.

Und jetzt wollten alle Blumen wieder ins Menschenland! Sie konnten es gar nicht mehr erwarten. Aber zuerst kamen die kleinen dran, sie durften den großen vorauslaufen, – die Himmelschlüssel, Veilchen, Leberblümchen, Blau- und Gelbsterne, die Gänseblümchen und die Buschwindröschen. Die kleinen

Blumen waren schon in großer Aufregung. Flink wurden die bunten Röckchen gewaschen – es wollten doch alle Blumen recht schön sein –, in aller Eile packten die Kleinen die grünen Koffer und steckten alles Nötige zu sich. Die Knospenkinder wurden in weiche Tücher warm eingehüllt, dass sie sich ja nicht erkälteten. Auch Käfer und Schmetterlinge und alle Vögel rüsteten zur Reise ins Menschenland.

So, nun waren sie reisefertig! Alles strahlte vor Freude, und die frischen Kleidchen glänzten in der Sonne. Sie leuchteten in allen Farben – gelb – rot – blau – violett, dass es herrlich anzusehen war. Die Himmelschlüsselchen hatten goldgelbe Seide und grünen Samt angelegt. Das Lungenkraut wollte erst ein blaues Kleid wie die Leberblümchen und dann ein rotes wie der Seidelbast. Da hatte

es sich eben in rote und blaue Seide gekleidet! Die Küchenschellen sind kluge Kinder, die hatten sich fest in Pelzmäntelchen gehüllt. Die Leberblümchen hatten warme Strümpfchen angezogen. Sie wollten den Wald überraschen und bei ihm wohnen. Im Wald konnten bisher nur sehr wenige Blumen wachsen, denn seine Blätter lassen kein Licht durch. Aber jetzt hat er noch keine Blätter, jetzt haben die Blumen genug Licht dort, der wird sich freuen!

Die Buschwindröschen haben vor lauter Freude ganz rosige Bäckchen bekommen, und die Gänseblümchen springen schon ungeduldig von einem Bein aufs andere. Die Schwalben sind noch nicht fertig. Die müssen später nachkommen! Die Kleinen lassen sich nicht mehr halten. Ade! Ade! Auf Wiedersehen!

O liebe Menschen, seid gut zu ihnen!

Im Menschenland war es Mai geworden. Das war ein Leuchten. ein Singen und Jubeln! Die Bäume hatten wirklich wieder grüne Blätter bekommen. Die liebe Sonne schien warm. Käfer krabbelten im Gras. Falter schwebten in der Luft, tausend Blumen blühten. Helli führte immer wieder neue her, heute Maiglöckchen und morgen Vergissmeinnicht. Bald wird er Rosen bringen. Auch auf die Berge stieg er mit ganz besonders schönen Blumen, die mussten sich vor der Kälte dort oben gut schützen. Manche drängten sich dicht aneinander, dass eine die andere wärme, manche

hatten dicke Pelze angezogen wie das Edelweiß. Und der Enzian steckte nur das Köpfchen heraus.

Unten im Tal war der Schnee geschmolzen, die Amseln sangen auf den Bäumen, die Schwalben zwitscherten und bauten Nester für ihre Jungen. Als die Lerchen hoch oben im Blauen jubelten, da sprangen die Halme aus der Erde, und das Brot begann zu wachsen. Da wuchsen auch Hemdchen und Höschen, Röckchen und Jäckchen auf den Äckern, denn der Flachs schoss lustig in die Höhe. Die Bienen schwärmten aus und bereiteten wieder Honig. Und überall standen Heilkräuter in Hülle und Fülle und erzeugten Medizinen für die Kranken. Da jubelten die Menschen, denn alle Not war zu Ende. Sie pflegten die Blumen in den Gärten und ließen die anderen fröhlich in Wald und Wiese wachsen. Und freuten sich an ihnen! Und die Blumen breiteten die Ärmchen nach der Sonne aus. Nun konnten sie in Frieden blühen, die Knospenkinder hegen und Samen bereiten, dass es immer wieder Blumen auf Erden gäbe.

Es mochte wohl sein, dass man Blumen benötigte, um ein Fest zu verschönern, eine Kranke zu erfreuen, eine Braut zu schmücken. Dann wurden die Blumen aber sorgsam zum Strauße und zum Kränzlein gebunden, und alle erfreuten sich an ihnen. – – – – – –

Als es endlich an der Zeit war, rief die Mutter ihre Kinder wieder zu sich, aber die Menschen waren nicht traurig, denn sie wussten, dass die Blumen nun immer wiederkommen würden. –
– –

Drum seid auch ihr nicht traurig, meine kleinen Freunde und Freundinnen, wenn es bei uns Herbst wird! Wenn Wald und Wiese kahl werden und auch in den Parkanlagen die schönen Blumen über Nacht verschwunden sind! Dann denkt daran, dass sie jetzt hinter dem feuerrot brennenden Wald, der pechschwarzen Höhle, dem gelben Fluss und dem blaugrünen Glasberg – in der Heimat, bei der Mutter der Blumen sind.

Dort feiern sie fröhliche Feste und ruhen von der Sommerarbeit aus.

Ist aber der Winter zu Ende, dann führt sie Helli, der junge Frühling, dem die Mutter der Blumen ewige Jugend verlieh, wieder zu uns. Das ist immer eine große, große Freude für uns, wir haben sie ja alle so lieb.

Das Mädchen Hannerl erlebt in der Welt der Pilze aufregende Abenteuer und kann darüber hinaus vieles über diese Welt lernen.

A. Umlauf-Lamatsch
Hannerl in der Pilzstadt
88 Seiten, 17 x 23,5 cm,
Hardcover, vierfarbig illustriert
ISBN 978-3-7074-0187-5

Die Schneemänner haben eine ganze Menge Spaß im Winter. Doch eines Tages kommt das Frühjahr ...
Ein Klassiker der Kinderliteratur.

A. Umlauf-Lamatsch
Die Schneemänner
80 Seiten, 17 x 23,5 cm
Hardcover, vierfarbig illustriert
ISBN 978-3-7074-0186-8

Die lustigen Erlebnisse des kleinen Peter, der in der Katzenstadt wohnt.
Ein Klassiker der Kinderliteratur.

A. Umlauf-Lamatsch
Der kleine Peter in der Katzenstadt
72 Seiten, 17 x 23,5 cm,
Hardcover, vierfarbig illustriert
ISBN 978-3-7074-0189-9